Über den Autor: Michel, Michel

Jahrgang 1949, Studium zum Wirtschaftsingenieur, Studium der Volkswirtschaft, Soziologie, Politikwissenschaft, Philosophie und Ethik, arbeitete jahrelang bei einer internationalen Organisation, davon 5 Jahre weltweit in Wasserprojekten, sowie einer europäischen Organisation und in mehreren internationalen Beratungsunternehmen.
Autor von mehreren Werken, u.a.
"Abenteuer Deutschland - Bekenntnisse zu diesem Land"
"Ich denke oft.... an die Rue du Docteur Gustave Rioblanc - Versunkene Insel der Toleranz" "
„Deutsche Identität: Quo Vadis?
„Danke Gertrud - oder das Schicksal einer stolzen vertriebenen Oberschlesischen Bauerntochter"
„2005-2017 Deutschlands Verlorene 12 Jahre Band 1 oder Angela Merkel, Die falsche Frau an der falschen Stelle zur falschen Zeit"
„2005-2017 Deutschlands Verlorene 12 Jahre Band 2 oder Sie schlafen den Schlaf der Gerechten..."
und verschiedene Beiträge in Fachzeitschriften

Bonn, September 2017

Si elle lisait cela......

...Celle qui est pour moi la si petite grande dame

Merci   Marlène

Pour chaque   jour   depuis

le 17. Mai 1973

Michel

Septembre 2017

© 2017 Michel Michel

Verlag: tredition GmbH, Hamburg

ISBN

Paperback   ISBN Paperback 978-3-7439-6093-0

Hardcover   ISBN Hardcover 978-3-7439-6094-7

e-Book   ISBN e-Book 978-3-7439-6095-4

Printed in Germany

Die verwendeten Abbildungen sind bei Fotolia lizensiert.
https://de.fotolia.com/

Sommaire

Une déclaration d'amour à ma femme

Après 44 années de mariage

Aimer, c'est savoir dire je t'aime sans parler

Le bonheur est parfois caché dans l'inconnu

Victor Hugo

Pour cette femme

Je lui récite

Mes poèmes

D'amour

Les plus préférés

Titre : Amour

Poète : Victor Hugo (1802-1885)

Recueil : Les contemplations (1856).

Amour ! « Loi, » dit Jésus. « Mystère, » dit Platon.

Sait-on quel fil nous lie au firmament? Sait-on

Ce que les mains de Dieu dans l'immensité sèment?

Est-on maître d'aimer? Pourquoi deux êtres s'aiment,

Demande à l'eau qui court, demande à l'air qui fuit,

Au moucheron qui vole à la flamme la nuit,

Au rayon d'or qui veut baiser la grappe mûre !

Demande à ce qui chante, appelle, attend, murmure !

Demande aux nids profonds qu'avril met en émoi

Le cœur éperdu crie : « Est-ce que je sais, moi?

Cette femme a passé : je suis fou. C'est l'histoire.

Ses cheveux étaient blonds, sa prunelle était noire;

En plein midi, joyeuse, une fleur au corset,

Illumination du jour, elle passait;

Elle allait, la charmante, et riait, la superbe;

Ses petits pieds semblaient chuchoter avec l'herbe;

Un oiseau bleu volait dans l'air, et me parla;

Et comment voulez-vous que j'échappe à cela?

Est-ce que je sais, moi? C'était au temps des roses;

Les arbres se disaient tout bas de douces choses;

Les ruisseaux l'ont voulu, les fleurs l'ont comploté. J'aime !

Ô Bodin, Vouglans, Delancre ! prévôté, Bailliage, châtelet, grand'chambre, saint-office,

Demandez le secret de ce doux maléfice

Aux vents, au frais printemps chassant l'hiver hagard,

Au philtre qu'un regard boit dans l'autre regard,

Au sourire qui rêve, à la voix qui caresse,

À ce magicien, à cette charmeresse !

Demandez aux sentiers traîtres qui, dans les bois,

Vous font recommencer les mêmes pas cent fois,

À la branche de mai, cette Armide qui guette,

Et fait tourner sur nous en cercle sa baguette !

Demandez à la vie, à la nature, aux cieux,

Au vague enchantement des champs mystérieux !

Exorcisez le pré tentateur, l'antre, l'orme !

Faite, Cujas au poing, un bon procès en forme

Aux sources dont le cœur écoute les sanglots,

Au soupir éternel des forêts et des flots.

Dressez procès-verbal contre les pâquerettes

Qui laissent les bourdons froisser leurs collerettes;

Instrumentez; tonnez. Prouvez que deux amants

Livraient leur âme aux fleurs, aux bois, aux lacs dormants,

Et qu'ils ont fait un pacte avec la lune sombre,

Avec l'illusion, l'espérance aux yeux d'ombre,

Et l'extase chantant des hymnes inconnus,

Et qu'ils allaient tous deux, dès que brillait Vénus,

Sur l'herbe que la brise agite par bouffées,

Danser au bleu sabbat de ces nocturnes fées,

Éperdus, possédés d'un adorable ennui,

Elle n'étant plus elle et lui n'étant plus lui !

Quoi ! nous sommes encore aux temps où la Tournelle,

Déclarant la magie impie et criminelle,

Lui dressait un bûcher par arrêt de la cour,

Et le dernier sorcier qu'on brûle, c'est l'Amour !

Ou bien

Titre : À celle que j'aime

Poète : Nérée Beauchemin (1850-1931)

Recueil : Les floraisons matutinales (1897).

Dans ta mémoire immortelle,

Comme dans le reposoir

D'une divine chapelle,

Pour celui qui t'est fidèle,

Garde l'amour et l'espoir.

Garde l'amour qui m'enivre,

L'amour qui nous fait rêver;

Garde l'espoir qui fait vivre;

Garde la foi qui délivre,

La foi qui nous doit sauver.

L'espoir, c'est de la lumière,

L'amour, c'est une liqueur,

Et la foi, c'est la prière.

Mets ces trésors, ma très chère,

Au plus profond de ton cœur.

Ou bien

Titre : Le serment

Poète : Marceline Desbordes-Valmore (1786-1859)

Recueil : Romances (1830).

Idole de ma vie,
Mon tourment, mon plaisir,
Dis-moi si ton envie
S'accorde à mon désir?
Comme je t'aime en mes beaux jours,
Je veux t'aimer toujours.
Donne-moi l'espérance;
Je te l'offre en retour.
Apprends-moi la constance;
Je t'apprendrai l'amour.
Comme je t'aime en mes beaux jours,
Je veux t'aimer toujours.
Sois d'un cœur qui t'adore
L'unique souvenir;
Je te promets encore
Ce que j'ai d'avenir.
Comme je t'aime en mes beaux jours,
Je veux t'aimer toujours.
Vers ton âme attirée
Par le plus doux transport,
Sur ta bouche adorée
Laisse-moi dire encor :
Comme je t'aime en mes beaux jours,
Je veux t'aimer toujours.

Ou bien

Titre : L'amour est infatigable

Poète : Paul Verlaine (1844-1896)

Recueil : Chair (1896).

L'amour est infatigable !
Il est ardent comme un diable,
Comme un ange il est aimable.
L'amant est impitoyable,
Il est méchant comme un diable,
Comme un ange, redoutable.
Il va rôdant comme un loup
Autour du cœur de beaucoup
Et s'élance tout à coup
Poussant un sombre hou-hou !
Soudain le voilà roucou-
Lant ramier gonflant son cou.
Puis que de métamorphoses !
Lèvres rouges, joues roses,
Moues gaies, ris moroses,
Et, pour finir, moulte chose
Blanche et noire, effet et cause;
Le lys droit, la rose éclose...

Ou bien

Titre : *L'amour*

Poète : *Albert Mérat* (1840-1909)

Recueil : *Les chimères* (1866).

L'Amour, l'autre soir, fantasque et moqueur,
Passant près de moi, prit une balance :
Dans l'un des plateaux il jeta mon cœur,
Il jeta mon cœur avec violence.
Dans l'autre, il plaça deux yeux presque verts.
Deux bras potelés et deux lèvres roses,
Des cheveux; enfin ces petites choses
Qui m'ont toujours mis la tête à l'envers.
Or voilà du coup la balance folle :
Le plateau des yeux verts, des jolis bras.
Sous un tel fardeau s'enlève, s'envole.
L'autre comme un bloc tombe; et patatras !
Enseignement vif sinon salutaire,
Mon cœur lourdement a roulé par terre.

Ou bien

Titre : Es-tu brune ou blonde?

Poète : Paul Verlaine (1844-1896)

Recueil : Chansons pour elle (1891).

Es-tu brune ou blonde?

Sont-ils noirs ou bleus,

Tes yeux?

Je n'en sais rien, mais j'aime leur clarté profonde,

Mais j'adore le désordre de tes cheveux.

Es-tu douce ou dure?

Est-il sensible ou moqueur,

Ton cœur?

Je n'en sais rien, mais je rends grâce à la nature

D'avoir fait de ton cœur mon maître et mon vainqueur.

Fidèle, infidèle?

Qu'est-ce que ça fait.

Au fait?

Puisque, toujours disposé à couronner mon zèle

Ta beauté sert de gage à mon plus cher souhait.

Ou bien

Titre : Les caresses des yeux
Poète : Auguste Angellier (1848-1911)
Recueil : À l'amie perdue (1896).

Les caresses des yeux sont les plus adorables;
Elles apportent l'âme aux limites de l'être,
Et livrent des secrets autrement ineffables,
Dans lesquels seul le fond du cœur peut apparaître.
Les baisers les plus purs sont grossiers auprès d'elles;
Leur langage est plus fort que toutes les paroles;
Rien n'exprime que lui les choses immortelles
Qui passent par instants dans nos êtres frivoles.
Lorsque l'âge a vieilli la bouche et le sourire
Dont le pli lentement s'est comblé de tristesses,
Elles gardent encor leur limpide tendresse;
Faites pour consoler, enivrer et séduire,
Elles ont les douceurs, les ardeurs et les charmes !
Et quelle autre caresse a traversé des larmes?

Ou bien

Titre : Le meilleur moment des amours
Poète : René-François Sully Prudhomme (1839-1907)
Recueil : Stances et poèmes (1865).

Le meilleur moment des amours
N'est pas quand on a dit : « Je t'aime. »
Il est dans le silence même
À demi rompu tous les jours;
Il est dans les intelligences
Promptes et furtives des cœurs;
Il est dans les feintes rigueurs
Et les secrètes indulgences;
Il est dans le frisson du bras
Où se pose la main qui tremble,
Dans la page qu'on tourne ensemble
Et que pourtant on ne lit pas.
Heure unique où la bouche close
Par sa pudeur seule en dit tant;
Où le cœur s'ouvre en éclatant
Tout bas, comme un bouton de rose;
Où le parfum seul des cheveux
Parait une faveur conquise !
Heure de la tendresse exquise
Où les respects sont des aveux.

Ou bien

Titre : Il lui disait : Vois-tu..

Poète : Victor Hugo (1802-1885)

Recueil : Les contemplations (1856).

Il lui disait : « Vois-tu, si tous deux nous pouvions,

L'âme pleine de foi, le cœur plein de rayons,

Ivres de douce extase et de mélancolie,

Rompre les mille noeuds dont la ville nous lie;

Si nous pouvions quitter ce Paris triste et fou,

Nous fuirions; nous irions quelque part, n'importe où,

Chercher loin des vains bruits, loin des haines jalouses,

Un coin où nous aurions des arbres, des pelouses;

Une maison petite avec des fleurs, un peu

De solitude, un peu de silence, un ciel bleu,

La chanson d'un oiseau qui sur le toit se pose,

De l'ombre; — et quel besoin avons-nous d'autre chose? »

Ou bien

Titre : Sensation

Poète : Arthur Rimbaud (1854-1891)

Recueil : Poésies (1870-1871).

Par les soirs bleus d'été, j'irai dans les sentiers,

Picoté par les blés, fouler l'herbe menue :

Rêveur, j'en sentirai la fraîcheur à mes pieds.

Je laisserai le vent baigner ma tête nue.

Je ne parlerai pas, je ne penserai rien :

Mais l'amour infini me montera dans l'âme,

Et j'irai loin, bien loin, comme un bohémien,

Par la Nature, - heureux comme avec une femme.

Préface

.....   Quand un homme se décide de partager sa vie avec une femme, c'est très souvent que la femme qui décide de quitter sa famille, dans mon cas c'était le contraire. Non seulement que j'ai quitté ma famille mais j'ai abandonné ma culture; trésor précieux de chaque humain. Je n'ai pas le diable au corps; je n'ai pas perdu ma raison. J'aime cette femme; l'amour ne demande jamais le prix payé.

Moi, je n'ai jamais compté le prix de mes décisions.

C'est très possible ma femme n'est pas la plus belle du monde -pour moi elle est la plus belle-, elle n'est pas la plus riche, elle n'est pas la plus intelligente, mais elle est sage. Et surtout je ne peux pas vivre sans elle.

Et ceci depuis le 17 mai 1973

1.   Le 17 Mai 1973

Je me rappelle de cette journée comme d'hier; ce jeudi 1973, il faisait un temps impeccable de printemps soleillé avec une température de 20 grades .Pendant cette période j'étais étudiant en économie politique à l'université de Cologne en Allemagne. La faculté d'économie se composait d'une tour de sept étages et de plusieurs bâtiments au réez de chaussée.

Pendant cette période j'étais membre d'une bande d'étudiants composée de Guy un luxembourgeois, fils d'un banquier, Bernd un colonais dont le père était un médecin connu; Arthur venant de la Ruhr fils d'un célèbre professeur d'économie à Siegen; de Claudia une très jolie brunette et très intelligente venant d'Osnabruecken une ville de la Basse Saxe. Pendant ce semestre (en Allemagne l'année universitaire est composée de 2 semestres) la bande devait passer des examens dans la matière des méthodes de la statistique pour l'analyse des mouvements sociologiques étant donné que cette matière était très vaste, nous avons décidé de partager la préparation de l'examen.

Avant de rentre pour l'épreuve, nous sommes allé à la cafétéria au septième étage de la tour; et nous avons pris un petit café. Pendant ce petit café, j'ai remarqué une petite semi rousse avec des yeux d'une innocence que je n'ai jamais vue, accompagnée d'une fraicheur comme d'une jeune paysanne qui va pour la première fois en ville. Elle rayonnait avec une amabilité que je n'ai pas connue à ce jour. Elle flirtait avec un autre étudiant. Déjà à ce moment, j'ai ressentit un coup dans le cœur. Pendant l'épreuve de l'examen j'étais le seul qui avait préparé ces questions cela voulait dire que je devais passer ma copie aux autres membres de la bande.

Mais voilà entre moi et Guy c'est la jeune brunette de la cafétéria avait pris place.

Peut être elle n'avait rien préparé, et me regardait avec des yeux de biche, innocente; je lui ai passé ma copie pour qu'elle la passe à Guy. Elle rédige mes réponses sur sa copie et passe ma copie à Guy.

Après l'épreuve, je me suis présenté et nous avons décidé de faire un petit tour dans un petit bois devant la faculté.

Nous avons beaucoup parlé de la culture française et des préjugés sur les Français et la j'ai remarqué son innocence et sa beauté et la j'ai senti un coup de cœur.

Alors je lui ai donné un baiser sur ses lèvres; ses lèvres étaient tellement brulantes que j'étais assourdi après le baiser et la j'ai remarqué que j'étais fou d'elle.

Après 44 années de mariage je jure que c'est à ce moment ou j'ai décidé de faire tout pour me se marier avec elle.

Concernant les résultats de l'examen, toute la bande a réussi, mais Marlène (son nom) a reçu une meilleure note que moi.

2. Fille d'paysan expulsé de la Silésie

Quelques jours après notre première rencontre on avait un deuxième rendez-vous dans la cafétéria au septième étage; ses yeux brillaient comme des brillants, elle me racontât que sa famille a été expulsé de la Silésie- se situe sud est dans la Pologne d'aujourd'hui- à la fin de la seconde guerre mondiale et que sa famille était des paysans très aisés et que son père est obligé de travailler dans une société de papier.

Sa famille aurait beaucoup de biens perdus. Elle se croirait être une princesse perdue. Et la j'ai remarqué qu'elle était sous pression et suggestions paternelles et qu'elle voulait se libérer de cette pression.

Jusqu'à ce jour, je ne connaissais que l'histoire officielle de la seconde guerre mondiale. Mes connaissances de l'histoire étaient considérées en Allemagne comme bonnes, ce qui n'est pas vrai.

Je me mis à approfondir mes connaissances sur la Silésie et j'ai du apprendre qu'elle faisait partie de l'Allemagne d'avant la deuxième guerre mondiale êta été toujours convoitée par la population allemande et la population polonaise.

Les deux populations étaient à peu prés en nombre égal.

Pendant les deux guerres; il y avait eu des tensions politiques et sociales menés par des mouvements nationalistes et identitaires; ce qui provoqua des troubles.

Pour terminer ces troubles; cette partie de l'Allemagne fut mise sous la tutelle de la société des Nations (prédécesseur de l'ONU). Avec la monté d'Hitler et du national socialisme et la sortie de l'Allemagne de la société des nations, la partie allemande de la population silésitique reprendra le dessus sur la partie de la population polonaise et un autre problème se fit senti : le problème de la population mélangée.

A partir de ce moment-la et jusqu'à la fin de la guerre c'était la parti de population allemande qui tenait le pouvoir.

C'est dans ce contexte, qu'il faut comprendre l'éducation du père et de la mère de Marlène.

Les deux familles étaient des paysans, la famille du père était moins aisée que la famille de la mère dont le père tenait la fonction de maire et ceci jusqu'à la monté au pouvoir d'Hitler car il était membre du pari politique du Cendre Droit, ennemi farouche d'Hitler.

La famille maternelle de Marlène a beaucoup souffert pendant la guerre car les deux fils ont du partir en guerre et ce sont les quatre fille-Marlène avait quatre tantes- qui ont du prendre la ferme en charge, renonçant ainsi à leur futur et chances individuelles.

Son père a été recruté par l'armée hitlérienne après avoir été endoctriné par la politique hitlérienne et a du faire la campagne de Russie.

Il a été blessé et s'est évadé. Il est rentré chez soi pour quelques temps.

Et la commença le calvaire et pour le père et pour la mère. A cette période, ils n'étaient pas mariés. Le bannissement de la mère était dramatique, car elle devait sous la pression de la milice polonaise quitter leur ferme sous quatre heures et sous les yeux vigilants des forces polonaises.

Elle devait se rendre dans un endroit bien précis, réservé aux expatriés en Basse Saxe.

Le trajet à faire était d'environ 600 kilomètres dont un parti a été faite en train. Pendant cette odyssée mourut par fatigue et maladie sa mère. Elle l'a enterré dans un lieu, aujourd'hui inconnu.

Le père, lui aussi a connu une odyssée pour se retrouver en Basse Saxe. Étant donné qu'ils se connaissaient, ils se sont mariés et ont été repartis dans la Rhénanie-Westphalie.

Et la est née Marlène comme la seconde des 4 filles qu'ils vont avoir. La mère fut de sorte que leur père a obtenu une maison bâti réservé aux exilés.

Et, la grandit Marlène dans une jeunesse calme et protégée. Son père n'a jamais accepté son sort et surtout le fait que des polonais (personne d'une race inférieure) l'avait chassé de sa ferme. C'est pour cela qu'il a inculqué à ses filles que la chère patrie était la Silésie et que là-bas était leur chez soi.

Il a inculqué à ses enfants une image de leur patrie qui n'était pas réelle; je peux le dire cala parce que quelques année avant sa mort, Marlène et moi nous les avons mené voir une dernière fois leur ancienne patrie et ce que j'ai vu était les biens concernant le père modeste, concernant la mère était considérable. Surtout il leur a donné le sentiment leur séjour prés de Cologne était provisoire et qu'un jour il rentrerait chez eux. J'en suis sur qu'il a cru à cela.

La mère, par contre s'est arrangée avec son sort et était assez libre d'esprit. Quand on ce décide pour une liaison, on ce décide pour sa famille et son entourage; c'est alors que j'ai commencé à me questionner sur les silésiens: qui sont ils? Des Allemands ou des Polonais? Quelles caractéristiques ont-ils? Historiquement la plus part des allemands ont été envoyé par l'église romaine en croisade pour christianiser l'est de l'Europe vers les 12 et 13 Siècles, c'est alors que famille de basse souches sociales ont vu leur chances.

C'est comme cela que commença l'histoire de la famille de ma femme originaire d'Augsbourg, ils ont pris le chemin ver la Silésie vers 1234(ceci me fit confié par les archives de l'église).J'ai raconté ceci à mon beau père qui n'a jamais admis cette histoire. Pour lui, cette terre a été toujours allemande et ce sont les polonais qui étaient les usurpateurs.

L'église aurait toujours été partie prenante pour les polonais selon lui.

J'ai alors compris que cette population, comme toute population frontalière était déchirée entre les cultures et l'histoire vécue. De plus cette population de l'Europe centrale n'était pas facile à comprendre pour ne pas dire exigeante.

Pour moi elle avait une tendance mélancolique et romantique et ils étaient très attachés à leur terre.

De l'autre coté, ils ont l'esprit pratique et sont plus ou moins accueillants. Ils peuvent faire la fête et sont de bon vivant.

Mon beau père a fait tout pour que sa fille puisse faire des études supérieures parce qu'il était convaincu que Marlène était douée et qu'elle ressemblait à la vrai mère de mon beau père.

Ceci a été la cause de jalousie entre ma femme et ses sœurs.

A propos de ses sœurs l'ainée est une blondine mince assez grande qui a travaillé plusieurs années à la Deutsche Bank un ancien fleuron des finances allemandes; elle s'est marié avec un des ses ancien collègues; une personne très agaçante, qui croit toujours tout savoir et qui croit toujours avoir raison, elle veut dominer toute la famille.

Avec elle ma femme et moi ont eu toujours des problèmes.

La troisième sœur est une traductrice, travaillant comme secrétaire dans une université catholique, je la caractérise comme un esprit simple.

La quatrième sœur est une coiffeuse recyclée comme secrétaire au parlement allemand à Berlin, je la qualifie comme « coiffeuse ».

Et ma femme Marlène, la seconde des sœurs, licencié d'économie politique et cadre supérieure dans une multinationale américaine, elle aussi a quelques trais salisiennes, peut être très exigeante et quelque fois même fatigante, très intelligente, un bon caractère, me donnant toujours de sages conseils.

3. Nos promenades aux bords du Rhin à Cologne

Etant donné que nous étions étudiant, avec des heures creuses; nous avions du temps pour aller se promener sur les bords du Rhin à Cologne, surtout les mois de mai 1973 et de juin, juillet de cette année étaient pour moi comme une lune de miel.

La gare des cars étaient aussi au bord du Rhin, ce qui faisait le départ pour elle un peu dur.

Le quai sur le Rhin faisait à peu près 4 kilomètres, ils étaient pour moi les plus beaux Kilomètres de ma vie. Sur les quais, se trouvait un petit kiosque ou on pouvait toujours boire un petit café, ce tems la c'était pour moi comme de la volupté.

Chaque fois qu'elle venait de chez ses parents, portait elle une petite valise citron jaune pleine, et lourde à porter. Chaque fois, je me se réjoui de la voir descendre du car et c'était un long baiser d'amour qui suivait.

Je m'en souviens comme si ça été hier. Ces ballades au bord de l'eau les mains dans les mains ou mes mains sur ses épaules s'était le sentiment pour moi d'un amour inconnu jusqu'à ce jour.

Seulement le souvenir de cette époque signifie pour moi encore aujourd'hui un beau rêve.

4. Les petits déjeunés à deux

Des autres sortes de souvenirs sont le petits déjeuners à deux, Marlène habitait dans ce temps la dans le quartier universitaire de Cologne et moi j'habitait dans les faubourgs de Cologne une vingtaine de kilomètres de Marlène, étant donné que je n'ai pas passé toutes les nuits chez elle, on a décidé de prendre le petit déjeuner ensemble et c'est pour cela que chaque Matin je pris le train des faubourgs pour aller voir Marlène.

J'avais toujours acheté des petits pains et des croissants et elle avait déjà préparé le reste du petit déjeuner. Nous avons avons pris le petit déjeuner et la tendresse avait pris le dessus.

Je n'oublierais jamais ces moments la. Ce sont ses moments qui m'ont fait oublier qui avait un prix à payer, mais je suis comme je suis et je m'en fiché du prix à payer.

5.   La connaissance de la sœur aînée

Fin juin 1973 Marlène m'annonça que sa sœur ainée voulait la visiter et quelle voulait me connaitre et qu'elle l'a invité e t si je pouvais cuire de la goulache car Marlène ne savait pas encore cuire.

Je fis de la goulache et sa sœur ainée, accompagné de son nouveau ami sont venus. La première impression que j'ai eu de sa sœur était le manque de ressemblance avec Marlène, la sœur assez grande blonde et Marlène plutôt le type française avec des cheveux brun modeste de taille; les yeux de sa sœur n'avait aucun signe de vie réelle, ils étaient plutôt teint; l'ami de la sœur était plus petit que la sœur et ne ressemblait pas du tout à un Allemand plutôt à un Sicilien.

Nous avons mangé et discuté sur tout et rien, et la j'ai déjà remarqué que la sœur était la personne de confiance de la famille, l'ami de la sœur était sous la dominance de la sœur. A ce moment; j'ai remarqué que nous ne seront jamais des amis car elle voulait coute que coute tenir sa sœur sous tutelle.

Et depuis ce jour la, nous avons der relations plus ou moins tendues. Au point de vue intellectuelle et culturelle, j'avis gagné l'impression que Marlène lui était en tout points supérieure et ceci s'est avéré comme la réalité.

Cette sœur envenime la vie familiale jusqu'à ce jour, elle prendre la tutelle de la famille même aux prix d'intrigues.

6.   Son aspiration de devenir une grande dame

La devise de Marlène,   depuis le premier jour de notre connaissance était de devenir une grande dame dans le sens le plu large.

Elle m'a raconté que deux de ses tantes lui inculquait d'une façon sévère le comportement soit à table soit ailleurs digne d'une dame. Elle en était très fière, car ses sœurs n'en avait rien et se comportait très souvent très maladroitement.

De puis le premier jour, j'ai remarqué qu'elle avait un très bon gout, soit pour les habits, soit pour les meubles soit pour l'habitation, soit concernant les lieux d'habitation.

Elle est très douée en ce qui concerne l'architecture de l'intérieur. J'ai toujours compté sur ses décisions, je n'ai jamais été déçu à part quelques exceptions prêtes.

Pendant ces quarante quatre ans de mariage, Marlène est devenue pour moi une véritable grande dame.

7. L'accueil dans sa famille

Vers le mi septembre 1973, je fus invité par ses parents pour qu'ils fassent ma connaissance. Je pris le car de Cologne au faubourg.

Marlène m'attendait à la station et me conduit dans la maison paternelle. La maison donnait l'impression d'être bien entretenue bien qu'elle était modeste.

Je fus conduis directement dans la cuisine ou se trouvait déjà une table bien servie. Il y avait des gâteaux aux graines de pavot et du café.

Sa mère donnait l'impression d'être complaisante par contre son père était agacé. L'accueil n'était pas chaleureux mais n'était pas glacial.

Pour son père, j'étais l'ennemi éternel, c'est cela qu'il avait appris dans sa jeunesse et cela qui l'a marqué.

Moi, je n'osai pas dire un mot de travers. Il me fixa dans les yeux pour me dire « fais attention », je sais que touts les Latins sont des filous, alors ne rends pas ma fille malheureuse.

J'ai maintenu mon regard et il a compris que j'avais de bonnes intentions bien que je suis un étranger.

Je buvais un café, dans lequel je mis du sel au lieu du sucre, je n'ai rien dit.

Je me suis entretenu avec sa mère, elle aussi me fixa des yeux, voulant je te prie ne rends pas ma fille malheureuse et je compris qu'il fallait que je me comporte impeccablement.

Cette visite m'est restée toujours en mémoire jusqu'à aujourd'hui.

8.   Mon image négative au prés de sa famille

Mon image était dès le début négative, bien que moi je n'ai rien fait, car pour mon beau père tous les beaux fils avaient des manques. Seul; le mari de l'ainée était plus ou moins acceptable, les parents de ce beau fils l'ont visité, et la fille ainée était sa main droite.

Moi, j'étais un étranger, ma famille inconnue, j'appartenais à l'ennemi éternel et surtout la sœur ainée avait « compil un travail précieux » en lui racontant que mon adresse en France n'existait pas.

En vérité elle et son marie étant dans le sud de la France ont essayé de s'informer sur la maison natale; j'ai reçu un coup de téléphone et je suis mis d'accord que mes voisins de   nier mon nom   et   mon   adresse. Non seulement, qu'elle agissait dernière mon dos, elle a essayé d'avoir des renseignements sur ma crédibilité financière via la Deutsche Bank lieu de son travail en vain car ma banque m'a appelé pour me demander mon autorisation que bien entendu j'ai refusé.

Depuis ce temps se la poursuit une guerre psychologique entre ma femme et sa sœur ainée.

Il y a eu des temps de trêve surtout du à notre promotion professionnelle, ce qui fut de nous des « gens bien placés » cette concurrence acharnée entre ma femme et sa sœur ainée a été depuis toujours du que l'ainée s'est vu perdre des avantages à la naissance de ma femme. Cette concurrence dure jusqu'à ce jour.

9. Son amour pour les bois, la mer et les voyages

Moi, je suis né au bord de la méditerrané, j'ai grandi avec la mer, les ports, les bateaux, la vente des poissons, les bois d'eucalyptus, les bois de pins; mais je ne connaissais pas les sapins, les chênes, et tous les autres arbres de l'Europe Centrale et le gazon et surtout la diversité des fleurs.

Il faut dire que la végétation   du sud est autre que la végétation de l' du sud est autre que la végétation de l'Europe Centrale.

Marlène m'a fait connaitre un autre monde, étant donné qu'elle était curieuse et que son père lui a montré dans les bois environnant toute les sortes d'arbre et de la végétation. Elle a appris à distinguer toutes les sortes de fleur et de végétation de la région.

Son amour pour l'environnement, les bois, et même la mer m'a toujours impressionné et c'est elle qui m'a appris à aimer la nature.

Et c'est elle qui m'a redonné l'amour pour la Méditerranée que j'avais perdu longtemps.

C'est son amour pour les voyages, qui m'ont redonné l'envie du voyage et ceci après mon passé professionnel. Son amour pour les voyages dans les villes européennes est légendaire.

Son rêve de faire une fois dans sa vie la route de la soie et surtout de visiter Samarkand est presque devenu une obsession qui m'agace parfois et que j'admire sachant que les données géopolitiques ne lui permettront jamais de le faire. C'est adorable de la voir croire à son rêve.

10. Mon sermon et notre mariage

Très top, après quelques mois, je lui ai offert une bague; mais sans faire une demande en mariage.

Dès l'année 1974, j'ai un emploi assez dangereux car, je travaillais pour un organisme financier mondial et la j'étais contrôleur pour les projets d'eau et d'irrigation.

Cela voulait dire, j'ai du visiter les projets sur le champ, et cela en Afrique ou bien au Moyen Orient.

Pendant ce temps Marlène termina ses études à l'université de Cologne.

Je lui fis le sermon de revenir sain et sauf. Dans ce temps la nous considérions le mariage officiel superficiel.

Etant donné que sa sœur ainée s'était déjà mariée et était mère d'une fillette et que sa troisième sœur s'était déjà mariée, je lui fis une demande de mariage qu'elle a accepté.

On a fixé la data du mariage que j'ai communiqué de suite à ses parents. Ils n'ont pas voulu croire. Jai communiqué cela aussi à ses sœurs qui n'ont pas voulu croire cela.

Nous nous sommes mariés non à l'église mais à la mairie avec des amis et des copains, mais sans famille. Le fait que sa famille n'a pas voulu venir à la fête des noces me touche encore aujourd'hui et je ne leur pardonnerai jamais.

11.   Les années dures et les années africaines

Pendant les années 1974 - 1979, j'ai travaillé dans un Organisme international pour le financement des pays en voie de développement et mon travail était de Controller les projets d'approvisionnement en eau potable et d'irrigation surtout en Afrique et au Moyen Orient, ceci impliqua ma présence tés souvent sur le terrain.

Pendant j'ai visité 83 pays, pendant mon absence, Marlène passait les fins de semaine chez ses parents qui ne comprendraient pas que leur fille ne sortait pas s'amuser.

Et pour eux c'était moi le fautif. Moi de mon coté, je ne pouvais pas leur dire la vérité car au fait, ces voyages présentaient un certain danger. Dans plusieurs de ces pays régnaient des guerres civiles ou une dictature sanguinaire, je n'ai pas raconté le danger de ces mission à Marlène; et moi même je ne savais pas exactement ce qui m'attendait sur le terrain. Entre plusieurs de ces pays, j'ai voyagé en voiture ou que soit une Land rover, une Peugeot 504, Une Renault 16, une Ariane, une Simca.

Je me souviens de ces nuits dans le désert, soit à la frontière lybiotaschiedienne, ou la frontière égypto-soudanaise ou bien dans le nord de l'Ethiopie ou je ne pouvais pas dormir parce que j'avais le mal d'amour et le mal du pays et regardant le ciel plein d'étoiles, les larmes aux yeux, je voyais le visage de Marlène, plutôt j'essayer de me le représenter et, et à l'aube pour s'endormir le cœur gros avec l'espérance du retour bientôt.

Au lendemain; j'ai été confronté avec les problèmes de faim et de soif, j'étais témoin de la mort de plusieurs bébé qu'on ne pouvait plus sauver et que leurs mères qui n'avaient plus la force de les pleurer.

Et puis ce fardeau en la croyance à la magie de l'homme blanc pour trouver de l'eau.

Cette confiance dans les techniciens m'a fait tomber dans un conflit profond.

Puis j'ai rencontré tellement des sages qui m'on apprit plus de chose qu'à l'université.

Et à chaque fois, quand je suis rentré à Cologne et que j'ai vu les « problèmes » des femmes âgées concernant leur chat ou bien leur chien, je suis devenu écœuré de cette population de consommation et soit disant chrétienne, ceci provoqua un accroissement des problèmes avec Marlène; c'est pour cela je démissionnai c'est-à-dire que c'est pour cela je démissionnai c'est-à-dire que j'ai refusé le prolongement prévu du contrat.

Je suis rentré car sans quoi je serai devenu alcoolique ou révolutionnaire.

Avec les économies faites, j'ai acheté une petite société que j'ai du revendre pour ne pas faire faillite.

J'ai travaillé après pendant cinq années chez deux consultants internationaux, après ceci j'ai été embauché par un Organisme européen et la je finis ma vie professionnelle.

12.   La perte de notre bébé

Dans l'année 1994 Marlène fut à l'âge de 40 ans enfin enceinte après plusieurs consultations médicales. Elle me l'annonça fière et moi, et ceci je peux le jurer cette annonce m'a rendu un des moments les plus heureux de ma vie, peut être que je n'ai pas montré ton mon bonheur, mais Marlène doute de cela encore aujourd'hui.

Mai on avait fait une faute capitale et on avait changé de médecin. Cette Femme du nom   Brande burg était une incapable   et n'a pas aperçu les risques et a réagi pour nous dire que le bébé était mort et c'est comme cela que Marlène a perdu notre bébé.

Ceci fut pur nous une césure dans notre vie.

Marlène ne s'est jamais remise de ce choc et est littéralement tombée dans une obsession pour sa carrière professionnelle, elle fit   tout pour acquérir les   échelons. Ce refoulement psychologique a durée des années.

On n'a rien dit à la famille de suite, on a évoqué ceci à prés plus de dix ans. Pour moi, bien que j'ai admis cela comme un coup du destin, sincèrement   encore aujourd'hui la plaie est ouverte comme si c'était hier. Je n'ai jamais quelques reproches qui soient à Marlène. Au contraire, j'ai essayé de toujours la consoler.

13. L'ascension sociale

L'ascension a commencé à partir de la vente de l'entreprise que j'avais achetée. Je travaillais à cette période chez un international consultant en Suisse et Marlène chez une société américaine d'informatique et nous cherchions une maison à acquérir et Marlène connaissant mon gout pour le style de la belle époque a trouvé une belle maison des années 1890; mais il fallait ce décider de suit et moi je n'étais par sur place mais à Zurich, elle m'avait pour avoir mon consentement, je luis ai donné ce consentement et c'est comme cela que j'ai acheté une maison sans l'avoir vu. Et comme toujours Marlène avait prouvé son gout. En même temps sa sœur ainée avait acheté un terrain près des beau parents et commença à bâtir et comme toujours notre achat était le mauvais achat et celle de ma belle sœur était « la meilleure des choses ».

Pendant cette période, j'ai acheté encore quartes autre villas pour la location et la famille a commencé à prendre considération de Marlène et moi et moi je n'ai plus pris acte de leur jugement car le reproche était que Marlène était une femme orientée à sa carrière professionnelle et non à la fondation d'une famille. Nous; pendant cette période nous avions perdu notre enfant. Nous avions rien dit et nous avons coupé tout contact.

Pour moi ses sœurs et leur famille appartiennent à cette classe sociale petite bourgeoise, mesquine quia permis à Hitler de prendre le pouvoir et qu'à près la guerre; ils étaient tous contre Hitler. A près 40 années je n'éprouve pour ces gens que du dégout. Plus de plus que notre ascension sociale avait été perçu par les autres membres de la famille prenaient conscience de plus le intrigues sont devenues nombreuses. La jalousie est un principe de cette famille; même à près la mort des beaux parents. Un petit livre que j'ais fait en mémoire de leur mère, ils n'ont même et pas prie conscience.

14. L'achat du château

Marlène voulait toujours vivre pour une période dans un château et moi-même étant donné que le grand père maternel avait deux châteaux amatis beaucoup surtout les hauts plafonds et les parcs avec leurs arbres.

En faisant un voyage dans le sud de la France; dans la Languedoc Roussillon j'ai découvert un petit château dont la partie ancienne était construite au 12 siècle. Pour moi c'était un coup de foudre et bien que le site se trouve sur une route principale j'ai été inconscient sur les conséquences lourdes de cet achat. Très vite, Jai remarqué que s'était un très mauvais achat. Marlène ne me fit aucun reproche de plus, j'ai eu un accident carnier et j'ai été admis à l' 'hôpital de Perpignan et puis par avion rentré à Bonn; Marlène, elle est rentré avec notre voiture avec un parcours de 1200 kilomètres et cela en janvier, à prés quelques jours à l'hôpital de Bonn je me remis. La chaine de problème n'en finissait pas et ce fit une inondation du siècle qui nous ont touchée, et à prés 7 années de combat judiciaire au tribunal de Montpellier que je reçu bien de cause, et j'ai vendu le château.

15. L'achat de la Villa

A prés la vente du château, Marlène ne voulait pas quitter cet endroit devenu si chère pour elle, je me mis alors à chercher une maison à acheter.

Au bout de quelques efforts j'ai trouvé une maison bourgeoise du 19 siècle dans un assez bon état. Les négociations se sont avérées dures car le propriétaire avait des difficultés avec ses enfants, cette fois ci c'était Marlène qui avait le coup de foudre. On est reparti sans avoir conclu l'achat. Six mois à prés, on s'est retourné sur l'objet qui n'était pas toujours vendu et l'affaire a été conclue.

La maison était très clairvoyante et en un impeccable état.la maison se trouva au milieu du village.

Le village avait quelques centaines d'habitants et avait un service suffisant -boulangerie, épicerie, des médecins, une pharmacie, la poste et le Crédit agricole une école maternelle, une école primaire, la mairie, et les pompiers.

Cette maison s'est avérée pour moi et Marlène comme un refuge. Pour moi, dans ce village j'étais au milieu de gens simples et normaux qui aimait le franc parlé et puis cela me rappelait mon enfance, Marlene pouvait se détendre comme elle le voulait, nous avons passé des moments très heureux.

16.   Le développement de la santé

Je dois reconnaitre que notre vie assez mouvementée exigea son   prix. Ma santé a commencé à mon faire quelques problèmes soit des problèmes de tension artérielle qui a été à prés des moments durs maitrisés et des problèmes de diabète type 2 et puis des problèmes de « sur montage ». Marlène, elle a eu moins de problème que moi, mais elle aussi paye   aussi soit des problème d'allergie, soit des problème de « sur montage « bien qu'elle a une personnalité forte, elle connait elle aussi des moments difficiles.

17. Les années paisibles. Heureux?

Les dernières années ont été plus paisibles que les autres comparées mais eux aussi comportaient des lourds fardeaux concernant les incertitudes professionnelles pour Marlène ou bien ma santé ou bien la grave maladie de ma belle mère avec « Alzheimer »et son hébergement dans une résidence spéciale et sa mort à l' âge de 96ans; et puiez les querelles permanentes avec ses sœurs qui me fatigue beaucoup et qui est l'opposé de ma culture méditerranéenne.

Le manque de vrais amis est de plus en plus perceptible est surtout d'être de plus en plus convaincu qu'convaincu qu'un étranger an Allemagne restera toujours un étranger quelque soit sa situation sociale et le temps de son séjour, même a prés l'obtention de la nationalité allemandes; les préjugés restent et surtout dans la famille.

Ce qui nous concerne comme couple, je remarque Marlène plus elle vieillit, plus elle de moins en moins attentive à ce qui nous lit. Ceci me fait beaucoup de chagrin, elle se laisse de plus en plus aller et écoute de moins en moins mes messages directs ou indirects bien qu'elle soit une femme tés intelligente et sage.

Moi, pour ma part, je crois être devenu plus négligeant dans plusieurs choses et être devenu très indulgent contre mon entourage et ceci me fait beaucoup de peine. J'oublie ces derniers temps que nous sommes tous des humains et que l'humain fait toujours des fautes, bien que ceci m'ont inculqué mon père, mon grand-père, ma mère, mes professeurs de philosophie, mes professeurs de sociologie.

J'aime Marlène comme au premier jour, ceci je peux le jurer. Est ce que je suis vraiment heureux en ce moment? J'ai vu de meilleurs jours.

18.   *Merci*

Ces quelques mots, je te les adresse Marlène, to qui est pour moi la si petite grande dame.

Je te remercie et pour ta personne, et pour tout ton agissement envers moi et toute la vie, dont j ai eu le privilège   de la partager avec toi.

Je te demande pardon pour touts les soucis que j'ai pu te faire soit par bêtise soit par ignorance.

Merci, d'avoir partager ma vie.

MIX

Papier | Fördert
gute Waldnutzung

FSC® C083411

Zeitfracht Medien GmbH
Ferdinand-Jühlke-Straße 7
99095 Erfurt, Deutschland
produktsicherheit@kolibri360.de